Karen Lange

CW00855013

Das Weihnachtseinhorn

Inhaltsverzeichnis

Das Weihnachtseinhorn wird geboren

Vor sehr vielen Jahren, da wurde ein kleines Einhorn geboren. Es war schneeweiß und hatte eine goldene Mähne. Obwohl alle Pferde und auch Einhörner braune Augen haben, schaute dieses kleine Einhorn mit wunderschönen blauen Augen in die Welt.

Alle bewunderten dieses schöne Tier und selbst die Eltern konnten ihr Glück kaum fassen, denn es ist sehr selten, dass ein Einhorn geboren wird. Sie waren sehr stolz auf ihr Einhornmädchen.

Das kleine Einhorn wuchs in einer Pferdeherde auf. Da man das Horn eines Einhornes nicht sehen kann, dachten auch die Menschen immer, dass es sich hier um ein ganz normales Pferdefohlen handelte.

Die Eltern des Einhornes passten auch immer auf, dass sich kein Kind in der Nähe ihres Fohlens befand. Nur Kinder sind in der Lage, ein Einhorn zu sehen.

Immer wenn ein Kind in der Nähe der Herde war, umschlossen die Pferde umgehend die Einhörner. Die Pferde selbst wussten ja, dass mitten unter ihnen Einhörner lebten.

Auch die Eltern wurden von der Herde geschützt.

Aber leider fiel das kleine Einhorn immer wieder durch seine Schönheit auf.

Natürlich wollten die Menschen ihren Kindern dieses schöne Tier immer wieder zeigen. Aber sie wunderten sich langsam auch darüber, dass es immer wieder verschwand, wenn sie es zeigen wollten.

Mit der Zeit wurde dies allmählich zu einem Problem. Die Besitzer der Herde hatten nämlich nur noch wenig Geld, um die Herde halten zu können.

Sie mussten also irgendwie Geld verdienen. Sie waren zu dem Entschluss gekommen, dass sie das kleine schöne Tier den Besuchern zeigen wollten und die Kinder hätten dann auch darauf reiten dürfen.

Dies sprach sich natürlich umgehend herum. Die Besitzer brachten überall Plakate an und die Zeit wurde langsam knapp.

Die Eltern des Einhorns machten sich sehr große Sorgen und auch sie hatten nun Angst, von den Menschenkindern erkannt zu werden. Guter Rat war nun mehr als teuer, denn wo sollten sie nur hin?

Als sie wieder einmal von den Pferden versteckt werden mussten, passierte doch tatsächlich folgendes:

Ein kleines Mädchen sah die drei Einhörner so, wie sie waren. Staunend legte es ihren Kopf schief und dann fing es an, mit dem Finger auf die drei zu zeigen. Natürlich dachten die Eltern des Kindes, dass ihr Kind ihnen nur das wunderschöne Tier zeigen wollte.

Das Mädchen konnte glücklicherweise noch nicht sprechen. Auch hätte es nicht gewusst, um was für Tiere es sich hier handelte. Da waren die drei Einhörner noch einmal mit einem Schrecken davon gekommen.

Leider hatte diese Situation ihnen jedoch gezeigt, wie gefährlich es wäre, in dieser Herde weiter zu bleiben. Da die Einhörner jedoch selbst auch noch kein anderes Einhorn gesehen hatten, wussten sie nicht einmal, wo sich ihre Rasse versteckte.

Man beschloss, bei nächster Gelegenheit die Flucht zu ergreifen. Auch hier waren die Pferde natürlich einverstanden, ihnen zu helfen. Niemand wollte, dass das kleine Einhorn vielleicht noch in einem Zirkus zur Schau gestellt werden sollte.

Ein Plan musste her.

Alle hatten natürlich auch Angst, dass das kleine Einhorn es nicht schaffen könnte, denn es wäre ein sehr beschwerlicher Weg.

Aber es blieb ihnen ja eigentlich nichts anderes übrig. Schweren Herzens warteten sie nun auf eine Gelegenheit zur Flucht.

Alle hielten Ausschau nach einer günstigen Fluchtgelegenheit.

Da die Besitzer nun schon einen Termin für die Besucher festgesetzt hatten, müsste nun schon bald ein Wunder geschehen, damit eine Flucht gelingen könnte.

Dieses Wunder ließ nicht lange auf sich warten. Der Besitzer war bei den Pferden und wollte ihnen Heu und Wasser bringen. Er ließ das Torgatter weit offen stehen, denn es war ja noch nie ein Pferd geflohen.

Wie auf Kommando rannten nun alle Pferde und auch die Einhörner durch das Torgatter.

Der Besitzer war so verwundert, dass er gar nicht glaubte, was er da sah. Seine Pferde waren nun alle auf der Flucht. Die Flucht der anderen Pferde diente jedoch lediglich als Ablenkung. Somit konnten die drei Einhörner ungesehen im Schutze der Herde verschwinden.

Den Einhörnern war auch bewusst, dass sie so schnell sie nur konnten, in die Dunkelheit verschwinden mussten.

Als sie eine kleine Rast einlegten erklärten die Eltern dem kleinen Einhorn, dass es im Falle der Entdeckung ohne Zögern weiter rennen sollte. Es sollte sich weder umsehen, noch stehen bleiben.

Das kleine Einhorn schüttelte den Kopf und war damit nicht einverstanden. Nie im Leben hätte sie ihre Eltern im Stich gelassen.

Von der Ferne aus vernahmen sie nun lautes Rufen und auch Pferdegetrampel kam immer näher. Die Einhörner wussten zwar, dass die Pferde ihnen auf jeden Fall helfen würden, jedoch war die Situation sehr brenzlig.

Also machten sich die drei weiter auf den Weg. Sie versuchten durch das Dickicht im Wald unerkannt weiterzukommen. Das kleine Einhorn war jedoch nicht so kräftig und stolperte oft über Baumwurzeln. Die Eltern waren so verzweifelt, denn der Besitzer und einige Helfer kamen immer näher.

Die Eltern bekamen Angst, denn sie wussten, dass wenn man sie wieder einfing, dann würde das Schicksal grauenhaft zuschlagen. Dann war die Zeit des ruhigen Lebens vorbei.

Das kleine Einhorn war nun einmal durch seine Schönheit sehr auffällig und somit immer in Gefahr, entdeckt zu werden.

Aber die Verfolger waren schon so nahe, dass es nur noch eine Frage der Zeit war, bis sie die Einhörner wieder eingefangen hätten.

Die Eltern machten daher eine Verzweiflungstat, nur um ihr Kind zu retten. Sie riefen dem kleinen Einhorn zu, dass es nun ohne sich umzudrehen um ihr Leben rennen sollte.

Das kleine Einhorn spürte instinktiv, dass es tun musste, was ihre Eltern verlangten und sie um ihr Leben rennen sollte.

Unterdessen drehten die Eltern sich um und liefen ihren Verfolgern entgegen, um ihr geliebtes Kind zu retten. Es sollte nicht als Einhorn erkannt werden.

Sie selbst mussten ja keine Angst haben, denn seit vielen Jahren lebten sie nun schon bei dem Besitzer, ohne das sie je erkannt wurden. Sie verzichteten lieber auf ihr geliebtes Kind, um es zu retten.

Somit trennte das Schicksal nun das kleine Einhorn von seinen Eltern.

Sie rannte blind vor lauter Tränen einfach tiefer in den Wald hinein. Sie konnte jedoch noch hören, wie die Männer ihre Eltern wieder mitnahmen.

Nun war das kleine Einhornmädchen ganz alleine auf der Welt. Sie hatte niemanden und wusste nicht, wohin sie gehen sollte. Was sollte nur aus ihr werden?

Nach einer gefühlten Ewigkeit legte sie sich erschöpft ins Unterholz und schlief weinend und sehr traurig ein.

Aber in dieser Nacht weinte nicht nur das kleine Einhorn, denn ihre Eltern waren so verzweifelt und beweinten den Verlust des geliebten Kindes.

Man sagt, wenn ein Einhorn weint, dann geschieht irgendwo auf der Welt ein kleines Wunder.

Als das kleine Einhorn erwachte, dachte sie noch, dass dies alles nur ein böser Traum gewesen wäre. Aber schnell kam die Erkenntnis, dass dies wirklich nun so war.

Sie machte sich wieder auf den Weg, denn sie hatte Angst, dass die Verfolger immer noch hinter ihr her waren. Traurig dachte sie nun an die Zukunft. Ihr war bewusst, dass sie ein kleines namenloses Einhorn war.

Sie hatte noch keinen Namen von den Elten erhalten, da diese sich über den Namen nicht einig geworden waren.

Nun lief das namenlose Einhorn einfach weiter, tiefer in den Wald hinein.

Es wurde langsam sehr kalt und gegen Mittag fing es an zu schneien. Schnee kannte das Einhorn bisher nicht und sie wunderte sich sehr über diese kleinen, weißen, kalten Flocken.

Das kleine Einhorn merkte auch, dass es immer kälter wurde und sie verstand langsam, dass dies mit diesen weißen komischen Flocken zu tun haben musste.

Am Abend war der gesamte Wald voller Schnee und dieser war so kalt und frostig, dass das Einhorn es langsam mit der Angst zu tun bekam. Sie wusste ja nicht, dass dies auch irgendwann wieder aufhören würde.

Da der Schnee nun auch das Gras und den Waldboden bedeckte, musste das Einhorn nach Futter suchen. Sie versuchte nun an das Gras darunter zu kommen. Immer wenn der Schnee die empfindliche Nase des Einhornes berührte, zuckte sie zusammen.

Mehrfach rutschte sie auch auf dem Schnee aus. Wieder war ein Tag vorbei und als es dunkel wurde, legte sich das Einhorn in den kalten Schnee.

Sie war nun nicht nur traurig, sondern auch noch durchgefroren und hungrig.

Am liebsten wäre sie wieder bei ihren Eltern im Pferdegatter gewesen. Wieder schlief sie traurig und weinend ein.

Der Weihnachtsmann findet das kleine Einhorn

Sie erwachte, als sie ein Geräusch hörte. Ängstlich sah sie sich um, jedoch konnte sie niemanden entdecken. Selbst wenn ihre Verfolger sie gefunden hätten, dann wäre es ihr in diesem Moment völlig egal gewesen.

Das kleine Einhorn war von den letzten beiden Tagen so geschwächt und schlimmer hätte es ja auch nicht kommen können. Eigentlich wäre es ihr sogar lieb gewesen, man hätte sie entdeckt, denn dann wäre sie ja wieder bei ihren Eltern.

Aber es war nur leises Glockenklingeln zu hören. Solch ein Geräusch hörte sie auch zum ersten Mal. Nun wurde ihre Neugier geweckt und sie schaute sich genauer um.

Zögernd lief sie auf das Geräusch zu. Dann glaubte sie nicht, was sie sah. Ihre blauen Augen erblickten doch tatsächlich wunderliche Tiere. Diese hatten auch Hörner, jedoch nicht so wie sie auf der Stirn. Genau auf dem Kopf zwischen den Ohren wuchsen Hörner.

Sollten diese Wesen womöglich Verwandte von ihr sein?

Sie trat näher heran und sah, dass diese Tiere alle miteinander über rote Ledergurte verbunden waren. Diese waren sehr schön anzusehen und am Ende dieser Ledergurte befand sich ein komisch aussehendes Gestell. Dieses war auf zwei eigenartigen Schienen und sah auch sehr schön aus.

Ein Tier, das in der ersten Reihe stand, begrüßte freundlich das Einhorn. Es stellte sich bei ihr vor und sie erfuhr seinen Namen.

Er hieß Rudolph und war ein Rentier. Nicht nur ein gewöhnliches Rentier, denn er war der Anführer des Schlittens. So nannte er das Gestell hinter sich. Sie erfuhr auch, dass er keine Hörner, sondern ein Geweih hatte. Dieses bestand jedoch auch (wie bei ihr) aus Horn.

Er meinte nur, dass das Einhorn besser warten sollte, bis der Weihnachtsmann zurück wäre. Mit dem Namen Weihnachtsmann konnte das Einhorn nichts anfangen und sie selbst konnte sich ja bei Rudolph auch nicht vorstellen, da sie ja keinen Namen besaß.

Rudolph wollte nun genauer wissen, wie das kleine Einhorn so ganz alleine in den Wald gekommen war. Traurig erzählte das Einhorn, was bis dahin passiert war. Rudolph nickte verstehend mit seinem Kopf und erklärte dem Einhorn, dass er, wie ja auch sie selbst, ein Fabelwesen wäre.

Damit konnte das kleine Einhorn nichts anfangen und sie beschloss, auf den Weihnachtsmann zu warten. Wer war dieser Mann eigentlich und warum war er mit einem Schlitten und Rentieren unterwegs?

Sie nahm sich fest vor, diesen Weihnachtsmann danach zu fragen.

Als der Weihnachtsmann nun höchstpersönlich vor ihr stand, da verschlug es ihr prompt die Sprache. Solch ein Wesen hatte sie noch nie gesehen. Die Menschen, die sie kannte, hatten mit diesem Mann nichts gemeinsam.

Ungläubig schaute sie sich diese schneeweißen Haare und den Bart an. Dieser war so weiß, wie die Flocken, die sie am Vortag gesehen hatte.

Als der Weihnachtsmann das traurige kleine Einhorn sah, ahnte er, dass etwas Furchtbares geschehen sein musste.

Er staunte darüber, woher dieses wunderschöne Einhorn kam, denn dieses Fabelwesen war ja mehr oder weniger ausgestorben.

Nun stellte das kleine Einhorn sich die Frage, warum dieser Weihnachtsmann das Horn sehen konnte. Ihre Eltern sagten ihr doch, dass dies nur Kinder sehen würden.

Kurz erklärte der Weihnachtsmann dem Einhorn, dass es auch wenige Menschen gibt, die auch das Horn sehen könnten. Dies wären Menschen, deren Herz rein waren und die auch an Wunder glaubten.

Somit waren erst einmal ihre ersten Fragen beantwortet worden. Der Weihnachtsmann wollte natürlich, wie auch Rudolph, wissen, wie das Einhorn in diese Gegend kam. Abermals erzählte sie von ihrem Kummer.

Dem Weihnachtsmann war klar, dass er dieses Wesen nicht im Wald belassen konnte. Kurzerhand nahm er das Einhorn mit zum Nordpol. Unterwegs erzählte er dem Einhorn, dass es am Nordpol sehr viele Fabelwesen gab. Diese würde sie ja dann bald kennenlernen.

Dankbar kuschelte sich das Einhorn in die vielen schönen Decken und schlief kurz darauf vor lauter Erschöpfung ein.

Dem Weihnachtsmann plagten andere Gedanken, denn nun wusste er, dass es auf der Welt noch mindestens zwei weitere Einhörner gab. Diese musste er unbedingt finden und retten.

Aber wie sollte er die Eltern des Einhorns aus dem Pferdegatter befreien?

Womöglich wurde nun noch mehr auf die Pferde aufgepasst, damit eine Flucht nicht noch einmal gelingen würde.

Aber darüber machte er sich erst einmal keine weiteren Gedanken, denn er musste erst einmal das eine Einhorn in Sicherheit bringen.

Er schaute zur Seite und sah das schlafende Einhorn. Ihm war bewusst, dass dieses Wesen, genau wie er selbst, ein Mythos war.

Die meisten Menschen glaubten ja auch nicht mehr an den Weihnachtsmann, obwohl es ihn immer noch gab.

Aber an ein Einhorn glaubten die Menschen nun noch weniger. Wenn ein Kind nun wirklich die Eltern des Einhorns entdecken würde, dann hätte dies auch sehr viele Konsequenzen für die Zukunft der Menschheit.

Als er am Nordpol ankam, weckte er vorsichtig das Einhorn. Seine Helfer, die aus Trollen, Feen, Kobolde, Elfen und noch vielen anderen Fabelwesen bestanden, staunten.

Sie hatten zwar von Einhörnern gehört, aber noch nie eines gesehen. So glaubten selbst diese Fabelwesen nicht an deren Existenz.

Alle waren von diesem Anblick überwältigt. Als das Einhorn sich neugierig umsah, konnten die meisten kaum glauben, dass dieses wunderschöne Wesen Wirklichkeit war. Auch staunten sie über die schönen blauen Augen.

Nun wollte man natürlich den Namen dieses schönen Wesens wissen. Das Einhorn senkte traurig ihren Blick und gestand, dass sie keinen Namen besaß. Alle wollten nun dem Einhorn einen Namen geben und diskutierten laut miteinander.

Nach einer Weile reichte dem Weihnachtsmann dieses Durcheinander und er meinte, dass dies nun erst einmal keine Rolle spielen würde. Einen Namen würde dieses Wesen auf jeden Fall erhalten.

In Gedanken hoffte er auch, dass die Eltern ihrem Kind selbst den Namen geben könnten.

Bis Weihnachten waren es noch ein paar Wochen. Das Einhorn hatte ja noch nie ein Weihnachtsfest erlebt und konnte damit auch nichts anfangen. Die anderen Fabelwesen versuchten nun, dem Einhorn den Sinn von Weihnachten zu erklären.

Dies erwies sich als sehr schwierig, denn das kleine Einhorn hatte bisher ja nur bei seinen Eltern auf der Pferdekoppel gelebt. Sie kannte weder den Begriff Weihnachtsfest, noch was alles dazu gehörte.

Sie fragte nur, warum man eine Geburt so sehr feiern würde. Natürlich freuten sich die Eltern immer, wenn sie ein Kind geboren hatten.

Die Fabelwesen erklärten dem Einhorn das gesamte Weihnachtsfest mit viel Geduld. Das Einhorn hörte aufmerksam zu und verstand nach und nach den Sinn von Weihnachten. Sie begriff auch, dass sie sehr großes Glück hatte, dem Weihnachtsmann persönlich zu begegnen.

Sie wusste ja nicht, dass dies das Wunder war, das ihre Eltern mit ihren Tränen ausgelöst hatten.

Das Einhorn fühlte sich am Nordpol zwar sehr wohl, jedoch vermisste es seine Eltern sehr. Meistens war sie in Gedanken versunken und sie hoffte so sehr, dass sie eines Tages ihre Eltern wiedersehen würde.

Das Verhalten des Einhorns fiel dem Weihnachtsmann natürlich auf und er überlegte angestrengt, wie er die beiden anderen Einhörner aus der Pferdekoppel befreien könnte.

Da er bei dem kleinen Einhorn keine Hoffnungen wecken wollte, erwähnte er in dessen Anwesenheit nie dieses Thema.

Aber er hatte seinen Rettungsplan nicht vergessen.

Als der Weihnachtsmann am Abend sein Vorhaben den anderen Fabelwesen mitteilte, bat er darum, dass niemand dem Einhorn etwas erzählen sollte.

Die Fabelwesen waren natürlich sofort bereit, den Weihnachtsmann zu unterstützen. Viele Pläne wurden diskutiert und spät in der Nacht wussten alle, was zu tun war. Sie hatten doch tatsächlich einen Plan zur Befreiung erarbeitet.

In der Frühe sollte es losgehen. Der Weihnachtsmann wollte gerade mit ein paar Helfern aufbrechen, als das Einhorn erschien. Der Weihnachtsmann streichelte über den Kopf des Einhorns. Sie sah, wie meistens, sehr traurig aus und anscheinend hatte sie wieder geweint.

Dem Weihnachtsmann wurde bei diesem Anblick das Herz schwer. Solch ein Wesen durfte einfach nicht aufgrund der Trennung von ihren Eltern zerbrechen. Ihm war noch mehr klar geworden, dass er umgehend handeln musste.

Bis zur Abfahrt war noch ein wenig Zeit. Das Einhorn fragte traurig, warum sie nicht auch ein Wunder erleben dürfte und alles wieder so wäre, wie vor der Flucht. Beruhigend redete der Weihnachtsmann auf das Einhorn ein. Er sagte, dass es zu Weihnachten immer ein Weihnachtswunder gäbe.

Obwohl das Einhorn an den Worten des Weihnachtsmannes nicht zweifelte, konnte sie nicht daran glauben, dass das Wunder dieser Weihnacht das ihre sein könnte.

Unter einem Vorwand stieg der Weihnachtsmann in seinen Schlitten und Rudolph lief schnell wie der Wind einem Abhang entgegen. Das Einhorn erschrak, denn sie wusste ja nicht, das der Schlitten diesen Anlauf benötigte, um in die Luft zu steigen.

Fasziniert schaute das Einhorn dem Schlitten des Weihnachtsmannes nach. Dieser entfernte sich sehr schnell und kurze Zeit später sah sie nur noch einen kleinen Punkt am Himmel.

Die Rettung der Einhörner beginnt

Als der Weihnachtsmann sich vom Nordpol entfernte, ahnte er ja noch nicht, dass etwas Schreckliches passiert war.

Die Besitzer der Pferdeherde hatten nun kein Geld mehr. Da sie das kleine Einhorn ja nicht gefunden hatten, konnten sie ihren Plan nicht verwirklichen.

Somit fällten sie die Entscheidung, dass sie mehrere Pferde verkaufen würden, damit sie einen kleinen Teil der Herde retten konnten.

Die Wahl für den Verkauf fiel leider auch auf den Vater des Einhorns. Nun wurden die beiden letzten Einhörner voneinander getrennt. Die Mutter war der Verzweiflung so nahe, denn nun verlor sie nicht nur ihr geliebtes Kind, sondern auch noch ihren geliebten Mann.

Die Herde schrumpfte somit auf eine überschaubare Größe zusammen. Wenn sich nun ein Kind in der Nähe der Pferdekoppel aufhielt, hatten die anderen Pferde eine Menge zu tun, um das Einhorn zu schützen.

Aber leider kamen immer wieder einmal Familien mit Kindern zur Pferdekoppel.

Dies löste bei dem Einhorn immer wieder Angst aus. Sie konnte schon kaum noch schlafen und ihre Familie fehlte ihr so sehr.

All dies konnte der Weihnachtsmann zu diesem Zeitpunkt ja nicht einmal ahnen. Wenn er gewusst hätte, was passiert war, dann wäre er, genau wie das Einhorn, ratlos gewesen. So aber führte sein Schlitten ihn direkt zur Pferdekoppel.

Damit er nicht gesehen wurde, versteckte er natürlich den Schlitten wieder in einem Waldstück. Zu Fuß machten der Weihnachtsmann und seine Helfer (diese bestanden aus Trollen und Gnomen) sich nun auf den Weg.

Als sie an der Pferdekoppel ankamen, war es schon recht dunkel und somit konnte niemand sie sehen. Die Pferde wurden unruhig, bemerkten jedoch, dass von den Besuchern keinerlei Gefahr ausging.

Der Weihnachtmann schlich sich nun näher an das Gatter heran. Da der Weihnachtsmann ja in der Lage war, ein Einhorn zu sehen, fiel es ihm nicht schwer, dass richtige Tier zu befreien.

Nun wunderte er sich aber, dass er nur ein einziges Einhorn sah. Leise fragte er das Einhorn, wo sich das andere Einhorn befand. Kurz erklärte die Einhornmutter den Sachverhalt.

Die Trolle und die Gnomen hatten unterdessen schon einmal angefangen, über das Tier Elfenstaub zu verteilen. Somit konnte das Einhorn fliegen und man musste nicht das Gatter öffnen. Vielleicht wären sie ansonsten durch diese Rettungsaktion aufgefallen.

Das Einhorn flog nun einfach über die Abzäunung hinweg.

Am anderen Ende wartete der Weihnachtsmann auf das Einhorn. Er führte es zum Schlitten und versuchte, das Tier zu beruhigen.

Mit leisen Worten gelang es ihm dann auch. Er erzählte kurz, dass das kleine Einhorn bei ihm am Nordpol in Sicherheit ist.

Vor lauter Freude über diese Neuigkeit, weinte das Einhorn wieder ein paar Tränen. Diesmal waren es jedoch keine Tränen der Trauer, sondern der Freude.

Sie sollte nun doch ihr kleines Einhorn wiedersehen. Nun fehlte nur noch ihr Mann und dann wäre die kleine Familie ja wieder vollständig.

Leider wusste das Einhorn nicht, wohin sie ihren Mann gebracht hatten. Aber der Weihnachtsmann wäre ja nicht der Weihnachtsmann, wenn er dies nicht herausgefunden hätte.

Kurzerhand ging er noch einmal zur Pferdekoppel und unterhielt sich mit einigen Pferden. Als er zurück kam, da nickte er dem Einhorn aufmunternd zu. Er flüsterte Rudolph etwas ins Ohr und dann stiegen alle wieder in den Schlitten.

Rudolph nahm wieder einen großen Anlauf und ehe man sich versah, befanden sie sich wieder in der Luft.

Die Fahrt ging eine ganze Weile und das Einhorn wollte natürlich wissen, wie es ihrer Tochter ging.

Der Weihnachtsmann berichtete ihr, dass das kleine Einhorn sehr sehr traurig wäre und niemand es aufmuntern könne. Der Schmerz des Verlustes war so groß, wie man es sich kaum vorstellen konnte.

Aber nun sollte ja alles wieder gut werden. Als sie so in Gedanken versunken war, da bemerkte das Einhorn, dass der Schlitten zur Landung ansetzte. Sie war sehr aufgeregt, denn sie hoffte, dass der Weihnachtsmann auch ihren Mann befreien könnte.

Der Weihnachtsmann ging wieder mit seinen Helfern los. Das Einhorn musste jedoch bei Rudolph und dem Schlitten bleiben. Die Gefahr erkannt zu werden, war einfach viel zu groß.

Der Vater des Einhorns wurde an eine Farm verkauft. Hier musste er den Acker bearbeiten.

Es war eine sehr schwere Arbeit und auch hier war die Gefahr des Erkennens viel zu groß. Auf dem Acker war das Einhorn natürlich weit und breit alleine. Somit hätte man es sehr leicht als Einhorn erkennen können.

Als der Weihnachtsmann die Farm betrat, bemerkte er, dass diese Rettung viel mehr Aufwand bedeuten würde. Das Einhorn war nämlich leider nicht auf der Koppel, sondern in einem Stall eingeschlossen.

Wie sollte man nur das Einhorn aus diesem Gefängnis befreien?

Selbst der Elfenstaub half hier ja nichts. Sie mussten also versuchen, durch die Stalltür an das Einhorn zu gelangen.

In der Zwischenzeit saß ein kleines trauriges Einhorn weit weg am Nordpol und wartete auf ein Wunder. Sie wollte von den Fabelwesen alles über das Weihnachtswunder wissen.

Da es aber schon so kurz vor Weihnachten war, hatten die Helfer des Weihnachtsmannes sehr viel zu tun. Das Einhorn konnte leider nicht helfen, denn sie hatte ja keine Hände.

Aber sie trabte von einem Fabelwesen zum anderen Fabelwesen.

Sie war so wissbegierig, dass sie alles in sich aufnahm, was man ihr über das Weihnachtsfest berichtete.

Selbst sie fing langsam an, sich auf Weihnachten zu freuen. Sie hätte nicht gedacht, dass sie sich jemals wieder über etwas freuen könnte.

Wenn sie gewusst hätte, was der Weihnachtsmann gerade in diesem Augenblick unternahm, dann hätte sie vor Freude bestimmt sehr laut gewiehert.

Der Weihnachtsmann hatte nämlich eine gute Idee. Da der Weihnachtsmann mit allen Lebewesen der Welt sprechen kann, suchte er sich eine kleine Maus.

Diese sollte unter der Tür in den Stall huschen. Dann sollte sie dem Einhorn ausrichten, dass es bitte ruhig sein soll und keinen Laut von sich geben darf.

Die Maus führte nun umgehend den Auftrag aus. Das Einhorn staunte zwar nicht schlecht, jedoch tat es, was der Weihnachtsmann verlangte.

Nun kamen die Trolle zum Einsatz. Trolle können sich nämlich unsichtbar machen. Somit konnte kein Mensch sie sehen. Sie schlichen also zum Farmhaus, um den Schlüssel für den Stall zu holen.

Dies war für sie eine Kleinigkeit.

Sie suchten nicht lange nach dem Schlüssel, denn er hing gleich neben der Eingangstür an einem Haken. Lautlos nahmen die Trolle den Schlüssel an sich. Ungesehen schlichen sie nun zum Weihnachtsmann zurück.

Dieser war natürlich sehr stolz auf seine Helfer. Er nahm den Schlüssel und öffnete die Stalltür. Vor ihm stand in voller Größe und Pracht das Einhorn. Es war ein sehr kräftiges Tier und der Weihnachtsmann wunderte sich nicht darüber, dass es zur Arbeit verkauft wurde.

Kurz erzählte der Weihnachtsmann auch dem Einhorn, was passiert war. Das Einhorn atmete erleichtert auf. Auch er hätte nicht gedacht, seine Familie je wiederzusehen.

Nun gingen sie sehr schnell in Richtung Schlitten. Dort wartete ja sehnsüchtig das Einhorn. Als sie alle kommen sah, konnte sie vor lauter Freude kaum ein Wort über die Lippen bringen. Das Einhorn rannte sofort zu seiner Frau und rieb seinen großen kräftigen Kopf an ihrem Hals.

Beide konnten nun kaum erwarten vom Weihnachtsmann zum Nordpol gebracht zu werden. Es war schon sehr spät und auch sehr dunkel. Rudolph musste sich erst einmal orientieren. Er benötigte ja eine Anlauffläche.

Diese war hier leider nicht vorhanden.

Der Weihnachtsmann hatte jedoch noch genug Elfenstaub in einem kleinen Beutel. Er öffnete ihn und verteilte den Staub auf Rudolph und den anderen Rentiere. Somit war die Rückreise nun kein Problem mehr.

Schnell wie der Wind führte Rudolph den Schlitten des Weihnachtsmannes in Richtung Nordpol.

Die beiden Einhörner waren dem Weihnachtsmann so dankbar und konnten es kaum erwarten, am Nordpol zu landen.

Das Weihnachtswunder gibt es wirklich

Selbst der Weihnachtsmann war von seinem Tun überwältigt. Was wäre nur passiert, wenn ein Mensch ein Einhorn erblickt hätte?

Der Weihnachtsmann sorgte somit dafür, dass dies auf gar keinen Fall passieren würde. Noch auf dem Weg zum Nordpol besprach er mit den Einhörnern, dass es für sie wohl keinen Weg mehr zurück in die Menschenwelt geben würde.

Die beiden Einhörner nickten wie auf Kommando gemeinsam mit ihren Köpfen. Auch ihnen war bewusst geworden, dass das Risiko viel zu hoch war. Aber sie hätten auch gern gewusst, wo sich der Rest ihrer Rasse befand.

Aber keiner der beiden traute sich, dem Weihnachtsmann diese Frage zu stellen. Vielleicht hatten sie ja auch nur Angst, dass es keine weiteren Einhörner, außer ihnen geben würde.

Als sie sich dem Nordpol näherten, freuten die Eltern sich sehr, dass sie nun bald ihr kleines Mädchen wiedersehen würden. Sie stellten sich in Gedanken schon das Wiedersehen vor und die Vorfreude war unbeschreiblich.

Da das kleine Einhorn ja nichts von ihrem Glück ahnte, wäre die Freude bestimmt übermächtig.

Mittlerweile setzte Rudolph zur Landung an. Da die Glöckchen am Schlitten immer klingelten, wussten nun auch alle Bewohner vom Nordpol, dass der Weihnachtsmann nach Hause gekommen war.

Alle versammelten sich am Landeplatz. Rudolph hatte große Mühe, den Schlitten durch die Mitte zu steuern. Aber dann war es endlich geschafft. Sie waren alle heil und gesund wieder am Nordpol angekommen.

Es gab ein riesengroßes Durcheinander und alle freuten sich, dass es dem Weihnachtsmann gelungen war, die Einhörner zum Nordpol zu bringen.

Der Weihnachtsmann sah sich um und bemerkte, dass das kleine Einhorn gar nicht anwesend war. Fragend schaute er, als eine kleine Fee an sein Ohr flog und ihm etwas hinein flüsterte. Stirnrunzelnd machte der Weihnachtsmann einen ernsten Gesichtsausdruck.

Er ging zu den Einhörnern und berichtete, was die Fee ihm anvertraut hatte. Das kleine Einhorn lag im großen Saal und konnte diesen nicht verlassen. Warum, das war dem Weihnachtsmann selbst nicht so ganz klar geworden.

Er rief die kleine Fee zu sich und bat, dass sie Bericht erstatten sollte. Sie erzählte nun, dass das kleine Einhorn vor Kummer sehr krank geworden war und ihre schöne goldene Mähne hatte nur noch einen hellgelben Schein.

Alle hatten nun Angst, dass das Einhorn ernsthaft erkrankt war. Die Eltern des Einhorns konnten kaum glauben, was sie hörten. So schnell sie nur konnten, begaben sie sich in den Saal.

Als sie den großen Saal betraten, da sahen sie schon von Weitem das kleine Einhorn zusammengesunken auf dem Boden liegen. Sie hatte kaum noch Kraft und konnte noch nicht einmal mehr ihren Kopf heben.

Die Mutter ging sofort zu ihrem Kind und beugte sich hinab. Das kleine Einhorn war jedoch so krank, dass sie nicht einmal die Augen öffnete.

Der Vater stand nun auch neben seiner Frau und beide schauten auf ihr Kind herab. Kamen sie etwa zu spät?

Das kleine Einhorn bewegte sich auch nicht mehr und die Eltern wussten nun nicht, was sie machen sollten. In diesem Moment trat der Weihnachtsmann in den Saal. Langsam ging er zu dem Einhorn. Auch er konnte sich nicht erklären, warum sie so schnell so krank geworden war.

Die Mähne war nun auch nicht mehr glänzend, sondern wie Stroh. Liebevoll stupste die Mutter das kleine Einhorn an. Aber es passierte nichts.

Vor lauter Trauer fingen die beiden Einhörner an, laut zu wiehern. Selbst dies bewirkte keine Reaktion bei ihrem Kind.

Langsam versammelten sich sämtliche Helfer um das kleine Einhorn. Alle waren entsetzt, was sie dort zu sehen bekamen. Die Eltern standen über ihrem Kind und beweinten es. Dicke Tränen tropften auf das kleine Einhorn herab.

Die Mutter legte sich zu ihrem Kind und wärmte es. Liebevoll leckte sie dem Einhorn den Kopf.

Niemand wusste einen Rat und selbst die Fabelwesen hatten keine Macht dem Einhorn zu helfen.

Es musste schon ein Wunder geschehen. Es waren nur noch ein paar Tage bis Weihnachten. Die Helfer des Weihnachtsmannes konnten ja nichts ausrichten und machten sich an die Arbeit. Die Kinder dieser Welt wollten ja ihre Geschenke pünktlich bekommen.

Der Weihnachtsmann befahl allen den Saal zu verlassen, damit die Eltern in Ruhe bei ihrem Kind sein konnten.

Als der Weihnachtsmann den Saal verließ, war auch er sehr traurig. Da es kaum noch Einhörner auf dieser Welt gab, war dieses kleine Einhorn ja sowieso schon ein Wunder gewesen.

Der Weihnachtsmann überlegte, wann er eigentlich zum letzten Mal ein Einhorn gesehen hatte. Dies war nun wirklich schon sehr viele Jahre her. Da Einhörner auch sehr sensible Tiere sind, hatte der Weihnachtsmann nun auch Angst um die Eltern. Hoffentlich wurden diese nicht auch so krank wie ihr Kind.

Irgend etwas musste jedoch passieren. Der Weihnachtsmann befragte sämtliche Helfer, ob sie nicht wüssten, was man tun könnte. Sie waren zumeist ja selbst Fabelwesen. Aber alle schüttelten nur traurig den Kopf.

Der Weihnachtsmann konnte ja alle Wünsche der Welt zu Weihnachten erfüllen. Aber hier war er machtlos. War er das wirklich?

Ein kleiner Elf sah den Weihnachtsmann traurig an und wünschte sich zu Weihnachten von ihm nur ein einziges Geschenk. Er wünschte sich, dass das kleine Einhorn wieder gesund werden würde.

Die anderen Helfer hörten dies und auch sie wünschten sich die Genesung des kleinen Einhornes.

Bis Weihnachten war es nicht mehr weit und vielleicht könnte dieser Wunsch ja sogar in Erfüllung gehen.

Bis Weihnachten tat sich bei dem kleinen Einhorn nichts. Die Eltern wachten Tag und Nacht bei ihrem Kind. Sie hofften inständig, dass sie wieder zu Kräften kommen würde. Aber sie machte ja nicht einmal ihre wunderschönen blauen Augen auf.

Am Weihnachtsmorgen da bemerkte die Mutter des kleinen Einhorns, dass ihr Kind ja nicht einmal einen Namen trug. Die beiden wollten ihrem Kind nun endlich einen Namen geben.

Lange diskutierten sie über einen Namen, jedoch kam dabei nichts heraus.

Das kleine Einhorn konnten sie ja nicht befragen. Vielleicht würde der Name, den sie ihr gaben, ihr gar nicht gefallen.

Aus lauter Verzweiflung schoben sie dieses Vorhaben erst einmal beiseite.

Weihnachten war nun da. Der Weihnachtsmann schaffte es, wie jedes Jahr auch, alle Geschenke mit Hilfe von Rudolph und seinen Rentieren pünktlich auszuliefern.

Es war nun Zeit zur Bescherung. Da sich die Helfer ja nichts wünschten, bekamen sie auch wirklich nichts. Ansonsten würde es ja auch keinen Sinn ergeben, wenn sie trotz ihrem Wunsch noch Geschenke erhalten hätten.

Zur Bescherung gingen nun alle in den großen Saal. Das kleine Einhorn lag immer noch am Boden und wurde von ihren Eltern behütet. Als alle nun den Saal betraten, geschah folgendes:

Durch ein Fenster schien der Schein eines Sterns herein. Er war so hell und beleuchtete das kleine Einhorn. Als ob der Stern wieder Leben in das Einhorn hauchte, fing es an, sich zu bewegen.

Im Saal war es so ruhig, dass man eine Nadel hätte fallen hören können. Alle schauten ungläubig auf das kleine Einhorn. Diese öffnete ihre Augen und sah direkt in die Augen ihrer Mutter. Sie zwinkerte, denn sie glaubte zu träumen. Aber als sie erneut die Augen öffnete, sah sie wieder in die Augen ihrer Mutter.

Das kleine Einhorn drehte sich um und nahm nun endlich wahr, das es Wirklichkeit war und kein Traum. Vor lauter Freude, wieherte sie so laut sie nur konnte. Sie stellte sich auf ihre wackligen Beinchen. Die Eltern waren so glücklich, dass sie sofort ihre Köpfe am Hals des kleinen Einhorns rieben.

Alle Anwesenden hatten Tränen in den Augen. Selbst der Weihnachtsmann musste sich ein paar Tränen verdrücken.

Es war ein Wunder. Es war das Weihnachtswunder. Durch den Wunsch der Fabelwesen und selbst der Weihnachtsmann wünschte sich diesen Wunsch von Herzen, bekam das kleine Einhorn noch einmal sein Leben geschenkt.

Nun hatte es zweimal im Jahr Geburtstag. Einmal an dem Tag der Geburt und einmal zu Weihnachten.

Alle waren glücklich und nacheinander umarmten sie liebevoll das kleine Einhorn.

Die Eltern waren überglücklich und sprangen vor lauter Freude durch den Saal. Sie wieherten und sprangen noch eine ganze Weile lang herum.

Der Saal war schnell festlich geschmückt worden. Nun begann auch für den Weihnachtsmann und seine Helfer das Weihnachtsfest.

Werden die Einhörner nun beim Weihnachtsmann leben?

Als das Weihnachtsfest vorbei war, wurde es am Nordpol langsam ruhiger. Keine Hektik und keine Arbeiten bis tief in die Nacht waren mehr an der Tagesordnung.

Der Weihnachtsmann wollte nun mit den Einhörnern über deren Zukunft reden. Das kleine Einhorn erholte sich recht schnell wieder. Die Mähne war wieder golden und nicht wie Stroh. Auch der Gesamtzustand war völlig stabil.

Die anderen Fabelwesen mochten das kleine Einhorn sehr. Nun wurde es überall und von jedem nur das Weihnachtseinhorn genannt. Dieser Name gefiel dem Einhorn, jedoch war es ja gar kein richtiger Name.

Das kleine Einhorn fühlte sich am Nordpol sehr wohl und vor allem auch sehr sicher. Es würde nie vergessen, was man ihnen in der Menschenwelt angetan hatte.

Da der Weihnachtsmann ja nun wissen wollte, wie es weitergehen sollte, war er auch der Ansicht, dass das kleine Einhorn bei der Unterredung dabei sein sollte. Hier ging es ja um das weitere Leben der Einhornfamilie.

Die Eltern riefen das kleine Einhorn zu sich. Dann fragte der Weihnachtsmann, was sie sich denn vorstellen würden. Die Eltern wollten ganz gewiss nicht mehr in die Menschenwelt. Sie hatten natürlich auch große Angst, dass sich solch ein Vorfall wiederholen könnte.

Aber wo sollten sie denn hin?

Sie wussten ja nicht einmal, ob es noch andere Einhörner gab. Diese Frage konnte jedoch selbst der Weihnachtsmann nicht beantworten. Am Nordpol lebten ja nun wirklich sämtliche Fabelwesen, jedoch war bisher kein Einhorn dabei gewesen.

Da das kleine Einhorn auch bestimmt nicht in der Lage war, dass gesamte Land nach Einhörnern abzusuchen, kam eine Suche auch nicht in Frage. Vielleicht hätte man dies ja in einigen Jahren machen können. Da wäre das kleine Einhorn dann in der Lage gewesen, solch eine anstrengende Aufgabe zu bewältigen.

Lust hatten die Einhörner dazu aber auch nicht. Sie hatten auch Angst, dass andere Einhörner sie vielleicht nicht akzeptierten würden.

All diese Fragen gingen den Eltern nun so durch den Kopf. Sie wollten doch nur das Beste für ihr Kind. Aber was war nun das Beste?

Das kleine Einhorn brachte ihren Wunsch sehr schnell zur Sprache. Sie meinte, dass sie am liebsten am Nordpol bleiben würde. Dort hätte sie so viele Freunde gefunden und sie war ja auch nur ein Fabelwesen, wie die anderen auch.

Dies leuchtete den Eltern ein. Der Weihnachtsmann machte nun das Angebot, dass die Einhörner am Nordpol bleiben dürfen. Aber am Nordpol half jeder dem Weihnachtsmann. Dies war ein ungeschriebenes Gesetz.

Da die Einhörner jedoch nicht wie die Rentiere arbeiten konnten, waren sie für den Schlitten ungeeignet.

Als Helfer kamen sie auch nicht in Frage, denn sie hatten ja keine Hände zum Helfen. Aber nützlich wollten sich die Einhörner natürlich auf jeden Fall machen.

Nach langem Nachdenken hatte der Weihnachtsmann eine Tätigkeit für die Einhörner gefunden.

Da sie sehr schnell laufen konnten, würde der Weihnachtsmann sie gern als Wächter für den Nordpol haben. Die Eltern waren natürlich sehr dankbar und nahmen das Angebot sofort an. Was konnte man aber mit dem kleinen Einhorn machen?

Erst einmal wollte der Weihnachtsmann auch, dass dieses wunderschöne Wesen endlich einen Namen erhalten sollte. Das kleine Einhorn blickte aus ihren blauen Augen die Eltern an.

Diese waren sich auf einmal einig. Da das kleine Einhorn an Weihnachten eine zweite Chance bekommen hatte, wollten sie, dass es den Namen Christine trägt. Da es ja ein Mädchen war, wäre der Name Christian eher unpassend gewesen.

Mit diesem Namen wollten sie deutlich machen, dass es nun ein kleines Christkind war. Der Weihnachtsmann fand diese Idee sehr gut. Er freute sich, dass das Einhorn nun endlich einen Namen hatte.

Nach längerem Überlegen hatte der Weihnachtsmann nun auch noch eine Tätigkeit für Christine gefunden. Sie sollte das Weihnachtseinhorn bleiben.

Die Eltern verstanden nicht, worum es dabei gehen sollte. Der Weihnachtsmann klärte sie jedoch umgehend darüber auf.

Da viele kleine Mädchen auf der Welt an Einhörner glauben, wollte der Weihnachtsmann diese Träume nicht zerstören. Christine hatte nun die Aufgabe, jedes Jahr zu Weihnachten ein Kind auf dieser Welt glücklich zu machen.

Sie durfte also einmal im Jahr in die Menschenwelt zurück. Dort sollte sie sich einem Kind zeigen. Aber nur genau zu Heiligabend. Viele Kinder wünschen sich nämlich sehr, einmal in ihrem Leben ein Einhorn zu sehen.

Christine gefiel der Vorschlag sehr. Aber sie sollte immer aufpassen, dass sich kein Erwachsener in der Nähe des Kindes befand.

So wurde es nun vereinbart. Die Einhörner lebten nun glücklich beim Weihnachtsmann am Nordpol.

Als wieder Weihnachten kam, da hatte Christine ihren ersten Einsatz. Sie freute sich schon sehr darauf, denn sie durfte endlich einem Kind begegnen und vor allem durfte das Kind sie so sehen, wie sie war.

Der Weihnachtsmann ließ extra für Christine ein rotes Geschirr anfertigen. Es war wunderschön und passte ihr wie eine zweite Haut. Dann hatte Christine noch eine weitere Idee. Sie wollte so gern eine Weihnachtsmütze tragen. Auch dieser Wunsch wurde ihr vom Weihnachtsmann erfüllt.

An Heiligabend fuhr sie nun mit dem Weihnachtsmann in die Menschenwelt. Sie erkannte den Wald, in dem sie vom Weihnachtsmann im Vorjahr gefunden wurde.

Sie verstand nicht, wo ihr Auftrag war. Hier im Wald lebte ja kein Kind.

Der Weihnachtsmann zeigte ihr jedoch, wo ihr Einsatz war. Es war wirklich und wahrhaftig ihr altes Zuhause. Dort lebten nun andere Pferdebesitzer. Sie hatten eine kleine Tochter. Diese stellte sich immer vor, dass die Pferde Einhörner wären.

Christine bekam vom Weihnachtsmann die Mütze aufgesetzt und suchte nach dem Kind. Es war genau in der Pferdekoppel aufzufinden. Ungläubig schaute das kleine Mädchen Christine an. Es lächelte und meinte dann, dass sie es immer gewusst hatte. Es gab wirklich und wahrhaftig Einhörner auf dieser Welt.

Christine blieb den ganzen Tag bei dem Mädchen. Somit war es für das Mädchen das schönste Weihnachtsfest, dass es je hatte.

Ab diesem Tag kommt Christine einmal im Jahr in die Menschenwelt. Sie sucht sich immer die Kinder aus, die am meisten an Einhörner glauben.

Wenn du an Einhörner glaubst, dann wirst vielleicht auch du Heiligabend von Christine, dem Weihnachtseinhorn, besucht.

Printed in Germany
by Amazon Distribution
GmbH, Leipzig